徐珮芬

在黑洞中我看見自己的眼睛

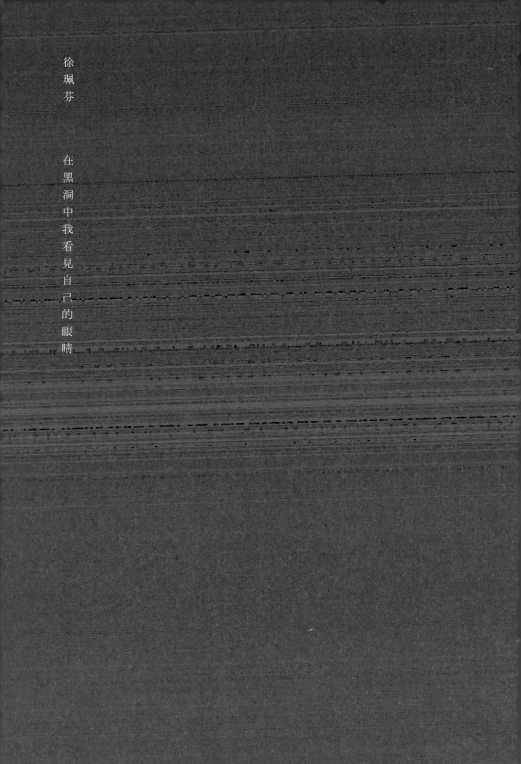

作者簡介

徐珮芬，花蓮人，清華大學臺灣文學研究所畢業。曾獲林榮三文學獎、清華大學月涵文學獎等。
曾出版詩集《還是要有傢俱才能活得不悲傷》（2015）。

推薦語

詩人有任性的權利，任性起來有時恐怖有時嬌羞，但幸好我們不是徐珮芬的情人，只是她的讀者，可以任性地讀她，享受她的任性。如果明天你變快樂了，你不見得還會記得這些詩，但你會記得任性的美好。

——詩人　鴻鴻

徐珮芬的詩有時驕傲任性，用大富翁壟斷交通，把愛人困在身邊，輸了則藏起骰子，不讓戀人被其他人佔據；有時則悲觀自憐，學會一個人逛街、一個人玩夾娃娃機，想像自己死後整個世界竟無人在乎。整本詩集宛如一疊寄不出去的情書，日積月累之後轉化成自言自語；這個詩人原來是可愛的、可以愛的，且看你愛的方式，是拿來取暖，抑或再深入一點，無所畏懼烈焰的灼傷。

——詩人　蔡仁偉

她孤身旅踏在夢與淚水之間的廢墟，拿靈魂與魔鬼交易，只為了求得「愛」與「被愛」。在這最艱難的時代中、最寂寞的城市裏，我們都得在黑洞中找尋自己的眼睛，只為了好好地活下去。

——小說家　何敬堯

玩捉迷藏的孩子，有些想被找到，有些不想，有些想被你找到但又害怕你真的找到。這本詩集是徐珮芬的捉迷藏，她要你來找她，但她不要真的被你找到。

——詩人　潘柏霖

目錄

在黑洞中我看見自己的眼睛

我死了

今天早上醒來的時候
我發現我好像死了

一開始我不是很確定這件事
於是我穿上衣服
至少看起來
像是還有身體

我離開房間
推開了門
推開身後的沉默
沒有一聲再見
沒有一句「注意安全」

馬路上行人匆匆來去
活著的人看起來都像是
急著要往某處前進
沒有一雙眼睛望向我
沒有一輛車
願為躊躇的我減緩速度
我果然是死了吧
我這樣想

我走進便利商店
想買包煙
溫柔的歡迎光臨
不是對我說的
沒有人歡迎死人光臨
綁短馬尾的美麗女孩
低頭在刷條碼
她很專心地與自動門發出的叮咚聲對話

我走到城市中被遺忘的公園
找了一張斑駁的長椅坐下
一個小男孩進入我的視線
他是如此專心用沙礫堆砌碉堡
直到另一個玩伴出現
用腳狠狠踐踏他的世界

我羨慕他放聲大哭
死人沒有需要守護的東西了
想到這裏我拿出手機
試圖聯絡親密的人們
我要告訴他們我死了

我撥了無數通電話
我發了許多條訊息
純粹的寂靜使我明白
他們都比我更早知道
我已經死了

高樓遮蔽了天邊的晚霞
我拖著死去的身體
慢慢走路回家
想著來生
願投胎到一個
能看見夕陽落下的地方

我打開門
沒有人迎接死人
沒有人抬起頭看我
他們直盯電視螢幕
上頭播放的盡是與我無關的事
死人不能改變國家決策
戰爭計劃
或偶像明星的戀情走向

我的房間仍維持生前的模樣
活著時沒能讀完的書
上頭還有潦草記下的筆跡
此刻我已無法想起
當時為何迷戀
被劃線的這一句

曾經在乎的人
饋贈的馬克杯
被生前的我
藏在置物架最裏頭
杯緣的灰塵積得多厚
我就死了多久

下輩子

我要用自己的下輩子
投胎成一隻美麗的鹿
在你駛車時衝上路肩
換得你誠懇的哀慟

我要用自己的下輩子
轉世成一隻嬌小的蝸牛
在雨後的馬路上
靜靜地被你踩碎
就可以住在你的鞋底
跟你到任何地方去

下輩子
我要變成一枚
印錯的字
錯降在一首
完美的情詩裏
讓你微微詫異
讓你認真思考
我存在的意義

過著幸福快樂的日子

你不愛了
就把人推下去

女神從湖心升起
拎著一些新的
有些變得堅強
有的更溫柔了
笑容如春日暖陽
你滿意極了
牽起其中一隻小手
離開，從此過著
幸福快樂的日子
你不需要知道
我沒有浮起來

從一而終

總有一首歌
只能送給一個人

總有些檔案
得花好久好久
才能按下刪除

總有趟旅行
往後的歲月裏
再也不願提起

擁擠的人潮中
總有一個身影
無論過了多久
仍不停地找尋

一輩子
總有一段時間
只能被另一人
安靜地經過
也只有一句話
就只想跟他說

只想和你一起玩大富翁

我只想和你一起玩大富翁
最好我們組成一隊
對抗看不見的邪惡力量
如果你還沒考慮清楚
就先拿我當練習對象

我想和你在沒有終點的地圖上
相互追逐
前方的命運十分曖昧
無限的機會正在等待
但我害怕你受傷進了醫院
我正在監獄裏不能去探病
或你參加選美得了亞軍
而我被路障擋著來不及送禮
這時候我們會感慨：人生
不如一場遊戲

我想買下一條街上所有的
房子，讓你無法再像現實生活
只是微笑經過我

我要壟斷
這世界上全部的交通
讓你走不出
我的夢境

如果你輸
我不要你償還
只要你繼續陪我玩

倘若我輸
我就把所有的鈔票和地契揉爛
把棋子與骰子藏進口袋
我不准你
跟別人玩

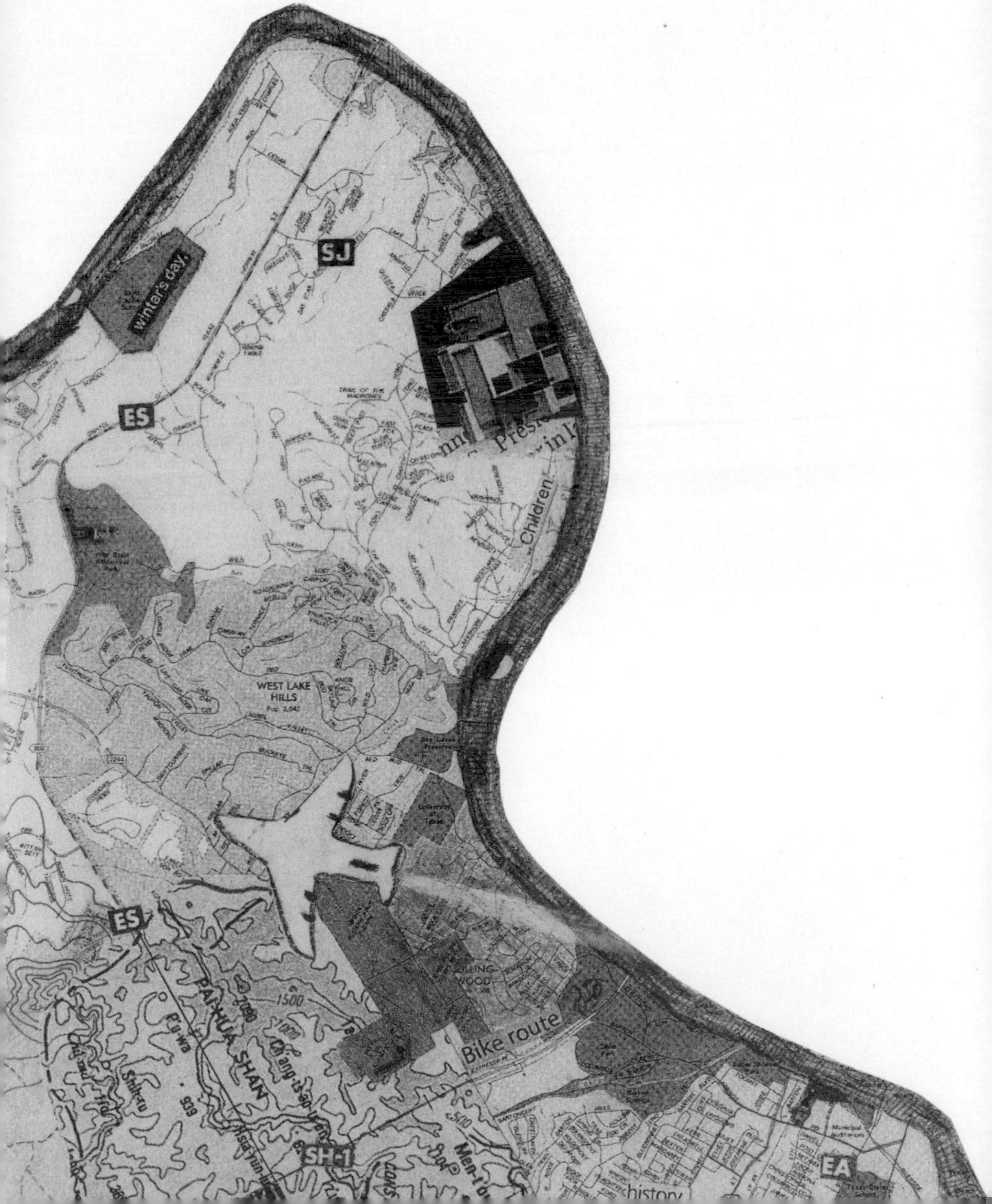
winter's day.
SJ
ES
Children
WEST LAKE HILLS
ES
PAI-HUA SHAN
Bike route
SH-1
EA
history

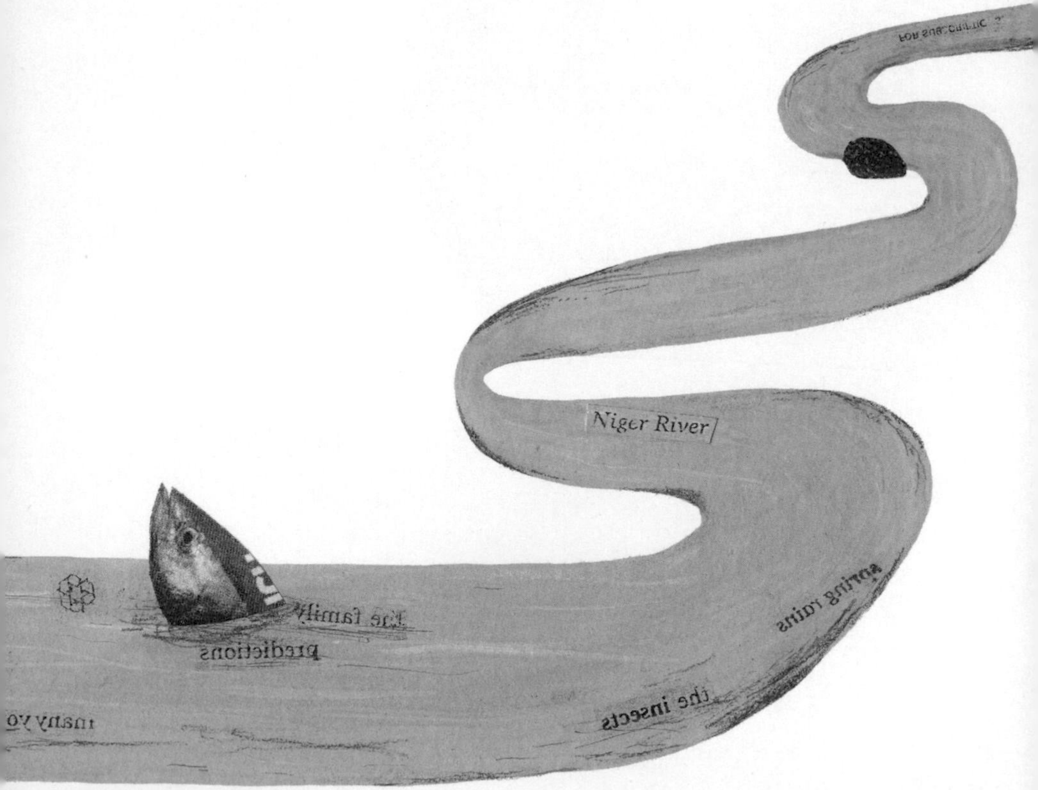
Niger River
spring rains
the insects

要不然就一起加入 ISIS

哈囉，可以給我五分鐘的時間嗎
先別走啦，我不是直銷
只是想問你
要不要一起加入 ISIS
前幾天我在網路上
看到招聘訊息

你小的時候
難道沒有幻想過成為英雄嗎？
我啊，雖然已經決定放棄一切
在獨自前進的路上
還是感覺有點寂寞
正好看到你一臉失落
要不要跟我一起走

你不覺得
揹著炸彈去環遊世界
比揹著筆電包站在便利商店裏
夾關東煮(一邊疑惑著
現在的香菇跟蘿蔔越長越小)稍微
好玩一點嗎？

別擔心，我也不會說阿拉伯語
聽說他們就像一個歡樂的
大家庭，夥伴們來自世界各地
看，你捧著的雜誌上
不也寫著要培養國際觀才會有競爭力
嗎？我相信從那裏畢業的人
都會是刀槍不入的
金剛之身

放心啦，我把豬肉乾藏在
行李的內袋，喏
等你想家的時候
再拿出來一起分享吧

你還在煩惱什麼呢
不要想太多了
有些事現在不去做
一輩子都不會去做了
這句話聽過吧
反正我們都是

沒有國家的人了
要不我們就一起加入 ISIS
他們會告訴你
生命存在的意義

小記：此篇作品於 2015 年 12 月中旬發表於 Facebook 專頁，旋即遭檢舉並以「違反社群守則」之理由被強制移除，其他帳號擁有者轉錄原文亦遭刪除。

噓

像樹和風
你不知道是誰
保護著誰
又是誰
困住了誰

哪一天
我們不再需要語言
就能確定彼此相愛
並且完全
沒有未來

我是個抖M如一隻鞠躬的長頸鹿

騷擾我
像一個固執的信徒
在住處樓下捧本長篇小說
靜靜迎接我的歸返
日以繼夜
直到成為我的日常風景

修理我
用螺絲起子將我輕輕轉開
把最深最深的內裏
全部拆散
攤在深夜的工作桌上
赤裸裸地分析

錯愛我
帶我走入愛的世界
將所有的童裝買下
命令我變小
再變小一點
然後親手幫我套上
讓我覺得羞恥
並且放鬆

脅迫我
用刀抵著我走到自己的心房前
按下只存在於靈魂深處
最隱晦難解的密碼
將門打開
裏面的一切
就都是你的了

洗腦我
順便洗滌我的記憶
讓我臣服你猶如雛雞
在破殼之餘映入眼簾的
神就是你

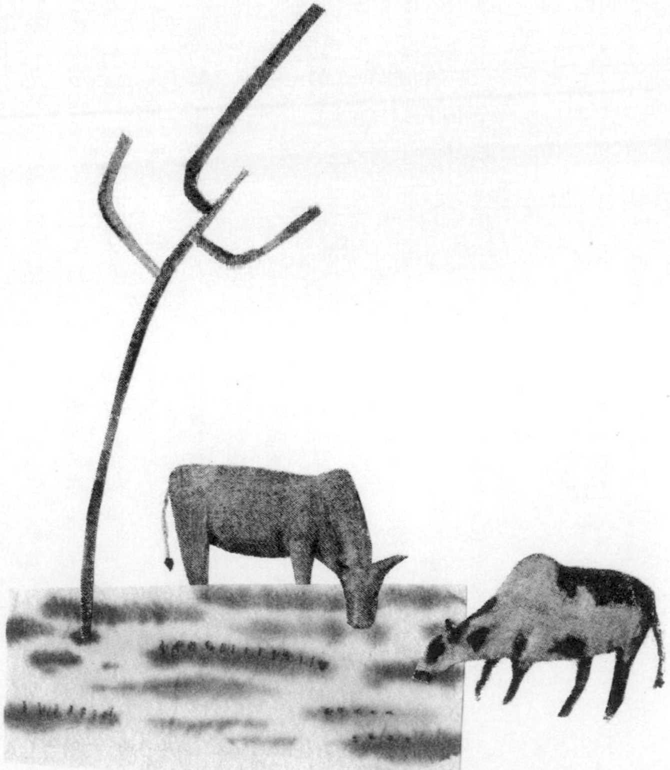

我相信害怕也是一種愛

我無法送你一副翅膀
但我可以掌握你每天的動線
趁夜破壞沿途所有的紅綠燈
第二天
你就可以恣意飛翔
到任何想去的地方

我要偷遍你
愛逛的商場
讓自己的頭像
被攝影機拍下
被憤怒的店家印出來
張貼在所有你會經過的
貨架旁
大家幫我一齊提醒你：
小心此人

——

我要調查
你的政治傾向
去暗殺你支持的
候選人
他便在歷史上留名
讓你為他感到高興
（順便避免
日後你為他傷心）

我要打聽
你喜歡哪個國家
我將成為最高明的間諜
潛伏進去
將它的政權搞垮
把它們的文化買下
裝在紅色的襪子裏
讓黑貓銜著送到你家

我要知道你
最害怕什麼
發條玩具
長腳蜘蛛
或是美麗的洋娃娃
所有會引發你恐懼的零件
我將把它們都放進密室裏

然後我會陪你一起進去
我答應你

我要為你召喚天災
地牛翻身
海洋跌倒
我要把太陽吃掉
我要喚醒死掉的火山
我只是怕你無聊
有災厄你就得逃
其他讓你皺眉的煩惱
便不再重要

我要變成你
最害怕的人
我深信害怕
也是一種愛

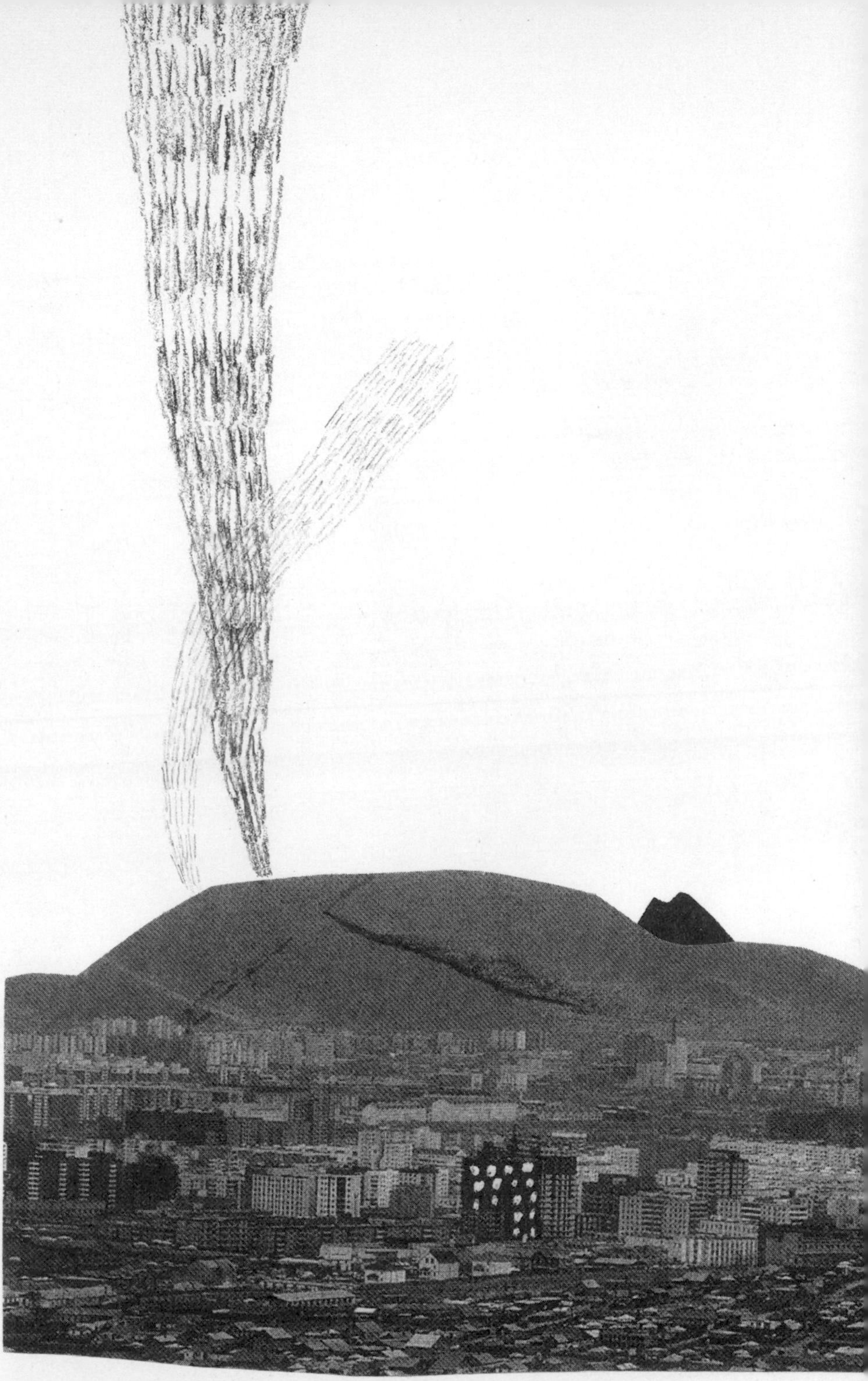

夜晚都知道

夜晚知道所有的事
例如我愛你
這是我最美的秘密

彷彿偷了大人的錢幣
手裏拿著棒棒糖
哭泣的小孩
我想著你的眼睛
是否在黑暗中
仍安靜地閃爍
像流星
誰都知道來不及許願
卻仍然期待它的降臨

夜晚知道所有的事
知道我醒來時
總是非常難過
所以不願意讓我入睡
夜晚知道
懂得愛的人
注定離愛的人很遠

夜晚怕我失望
所以不讓流星出現
它知道
所有的事
例如我其實愛你
這麼美麗的祕密
我永遠送不出去

愛是害羞的事

愛不是恆久忍耐
不是恩慈
愛是嫉妒
愛是自誇
愛是張狂
愛是害羞的事

但你已經不願意再浪費我

「我想和你虛度時光，比如低頭看魚
比如把茶杯留在桌子上，離開
浪費它們好看的陰影」
——李元勝，〈我想和你虛度時光〉

我想和你一起浪費時光
浪費我們好看的年歲
浪費許多個甜蜜的夜晚
在被陽光洗過的棉被中
滾過每一個
虛無的早上

我願浪費用來賴床的時光
浪費龐大的金錢
蒐羅罕見的食材
幫你做保證全世界
都買不到的早餐

我願意浪費自己的青春
為你微笑直到很老
很老
嘴角旁長出兩條
深深的法令紋

我想為你浪費身體健康
浪費視力讀你喜歡的小說
延後入眠的時間
念童話故事讓你安睡
我想為你浪費耳朵
聽你說任何大大小小的事情
就這樣讓時光
流過你的聲音

我願意被你浪費
一直到消失不見
你卻變得節儉
你說時光是有限的
你要我學著珍惜

我抱著本來要送給你浪費的時光
抱著本來要送給你浪費的自己
上頭還堆了你留下的更多時光
本來下定決心一無所有的我
突然變得非常富有

我討厭你

我討厭你以為自己能拯救世界
更討厭我其實也偷偷地
這樣認為

我討厭你總慷慨與人分享
你的快樂，對我而言卻像魚刺
一邊哽在喉嚨
還得含著淚微笑說
謝謝，你最好了

我討厭你是荒煙蔓草中
唯一能活下來的那朵玫瑰
更討厭你根本清楚知道
自己在我的眼裏綻放
卻佯裝疲倦孤寂

我討厭你
總在大熊準備襲擊時
扮死，一邊用眼角對我釋放笑意
我更討厭自己
覺得這樣的你可愛
可以去愛你的錯覺
總讓我在生死交關之際
忘記逃命

我最討厭你
總在人前聲稱自己
不擅言詞
倘若這是真的
那麼請你停止
在我心底寫詩

為什麼突然要走了

為什麼突然要走了
院子裏的枯木
還沒長出新葉
堆滿屋簷的雪
還沒融成水
說好要為你煮茶
你不想喝了嗎

為什麼不敢看我了
曾經你的眼神
像壕溝裏奄奄一息的士兵
想著一塊方糖

為什麼看我的時候
你瞳孔裏的光景
像陌生的電影
我還記得
那是我們觀看到一半
便離座的午夜場

你說不喜歡那樣的劇情
於是終於決定
將我的戲份
從你的人生中
全部刪除了嗎

案發現場只留下一張紙條

我這人不慶祝節日
蛋糕經常放到壞掉
也沒有定期跑步的習慣
每當看到美麗的風景
我就低下眼睛

難過的時候
我是不哭的
但是所有人都在流淚時
我會突然想笑

總於四周熄燈後醒來
白晝時在自己夢裏失眠
站在燦爛的陽光之下
用手遮住眼睛

看到旁人被神感動
或被神遺棄
我就在一旁
沾沾自喜
確幸自己沒有任何事物
使我確信

寧可被雨淋溼
也不讓傘給偷走
我討厭極了感冒
痊癒的時候
像從地底最深處
倏地被拔出
不是所有植物
都熱愛光照

至於對你，我真的
很抱歉，關於諸多事
我無法一一交代細節
你只要記得：
我總在最後一刻轉身
是因為實在害怕
留下指紋

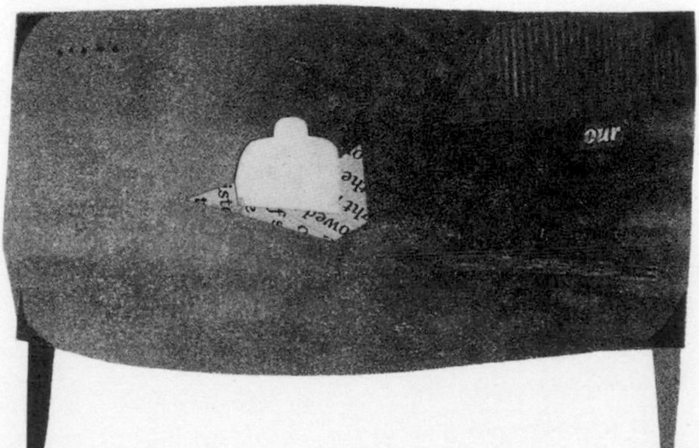
our

給我親愛的薛丁格

只要不去開啟你心中的盒子
我便永遠不會知道自己
是否還在那裏

不要告別

「你們真好像夜深深的花束，
一點也看不見後邊的樹枝。」
——顧城，《英兒》

我要忘記
第一次看見雪的感覺
第一次臉上流著淚
心中卻微笑著的卑劣
那時，我第一次明白
要避免被別人傷害
就得先把自己殺死

我不要再扮瘋
早該勇敢承認
自己就跟走在街上的所有
怪物們一樣正常
期待著末日
又妄想被救贖
恐懼醜陋的東西
卻擁有照鏡子的勇氣

多想為這一切
劃下句點
但我找不到筆
是你
把它藏到很遠
很遠的地方去

我不知道自己
還要走上多久
才能抵達那裏

HUNDRED MILES from

請推薦我

請推薦我一本詩集
裏頭不要有任何字句
會讓我再度傷心

推薦我一座陌生的城市
讓我無論如何漫步
或狂奔，於白晝
或午夜，都無法
找出似曾相識的幸福場景
順便推薦我一套旅遊行程
離你感興趣的地方
越遠越好

推薦我一季有氧的冬天
讓我被該死的節日與人群
淹沒時，不會感覺呼吸
那麼困難
不會那麼想撥
你的電話號碼

推薦我一杯
再單純不過的咖啡
上頭不要任何
優雅的拉花
像柔軟的貓咪
毛茸茸的小熊，春天
跑過森林的鹿
圓滾滾的雙眼

請推薦我一種香水
為全世界擦上後
再也不會浮現
一縷你的氣味

請推薦我一種巫術
讓我能對自己
下最牢固的咒
要我永遠記得
要好好忘記你

小記：靈感源於詩人潘柏霖〈請推薦我一本詩集〉（《1993》，頁44。）

憂鬱治療指南

天雨將至時
如你覺得累
就把自己裝進蝸牛殼裏
或想像自己
變成一株植物
用黑咖啡澆水

失眠時若恐懼清醒
將昔日戀人的笑容
摺成星星
一點一點連成美麗的迷宮
然後走進去

有人死去時你若害怕悲傷
就想像死去的人是你自己

真想死的時候
你要提醒自己
來生是存在的
來生不過只是
此刻的複製品

我還不能好好地死掉

我非常羨慕你就這樣死掉
說實話我很想參一腳
可是我的貓砂盆還沒清理
剛洗完的衣服還沒掛好
用過的碗放在水槽
團購的包裹還沒收到
信箱有新郵件沒讀
腦中有好主意沒寫成小說

還沒看完追憶似水年華
（甚至還沒到斯萬家那邊）
沒有學好正確地發出彈舌音
ㄌㄌㄌㄌㄌㄌㄌㄌ
沒咬過玫瑰跳佛朗明哥
鞋跟高高，裙擺飄飄
對吧檯邊俊俏的男子
閃爍淫蕩的睫毛

還沒練出緊實有致的線條
無法輕易對美麗的人
露齒而笑
屁股以溫柔的節奏一搖一搖
妖嬈地尾隨陌生人鑽入花叢

我還沒爬上過巴黎鐵塔
也還沒推倒比薩斜塔
更沒親眼見到
全世界的核電廠
三、二、一
安靜無聲地一齊爆炸

我還沒看過
能讓我嚎啕大哭的A片
還沒寫出
能讓政客流下眼淚的詩
還沒認真地對揮舞著棍棒的鎮暴警察問：
「喂，你愛我的國家嗎？」

我還沒好好地給過愛我的人
一個好好的擁抱
我愛的人還沒好好愛我
我還沒學會好好地愛
所以我還不能好好地
好好地死掉

我已經學會一個人逛街

現在的我
已經學會一個人逛街了
終於實現
從前與你站在街頭惡吵時
許下的願望

我已經學會
獨自站在夾娃娃機前
將包包裏所有的十元硬幣
全部倒出來
用至死方休的姿態
一枚又一枚投進去
再用亡命之徒的眼神
望著微笑的玩偶
宿命地反覆卡在洞口邊緣
上不去
也
下不來
我還學會了
模仿玩偶臉上的微笑

然後煞有其事地搥打自已的肩膀
責罵自己
「又浪費錢」
緊接著為自己辯解
「可是，可是
只差一點點」

我已經學會
一個人任性地衝向
標示著身高超過一百二十公分請勿進入
的兒童遊樂區
跳進繽紛的球海
叫著
笑著
一邊幻想著自己變得很小
很小，回到當初
你撫摸我頭髮的時光
並且嘟著嘴抗議
我不要長大
我不要再長大了

然後，再把自己拉走
正色告誡自己
不要鬧了
提醒自己
再也沒有人會阻止我

我還學會了一肩提起
所有大大小小的戰利品
沉浸在恍恍惚惚的歡喜
突然被自己唸醒
這一件
衣櫃裏明明就有類似的了
然後再對自己生氣
哪有啊
袖口跟領子的設計不一樣啦
不理解不要亂講好嗎
再然後，自己無奈地搖搖頭
提著沉重的購物袋
找張孤單的長椅
坐下，並且開始回憶你那時的苦笑
表情，於是懂得
你的理解
裝不進我的衣櫃

於是
我一個人跑向服務中心
告訴工作人員
我要找尋走丟的你
並且一如往常
故意在名字後面
加上小朋友三個字

美麗的女孩拿起了擴音器
以溫柔的語調一字一字唸出：
「某某某小朋友
你的家屬在服務中心等你……
某某某小朋友
你的家屬正在等你……

如果你聽到的話
他還在這裏
等你」

不再和誰談論相逢的孤島

「他不再和誰談論相逢的孤島
因為心裏早已荒無人煙」
——馬頔，〈南山南〉

夜晚照亮我
照得我失眠

鏡頭拍下我
拍得我苦笑

日曆撕破我
把我越揉越皺

月亮望著我
看我越來越老

衣服穿著我
把我越穿越舊

老情歌聽過我
聽得我摀住耳朵

幾句歌詞寫出我
把我寫得震動

曾有玫瑰種植過我
然後種壞了我

曾有人愛過我
愛得我至今
還沒爬出洞口

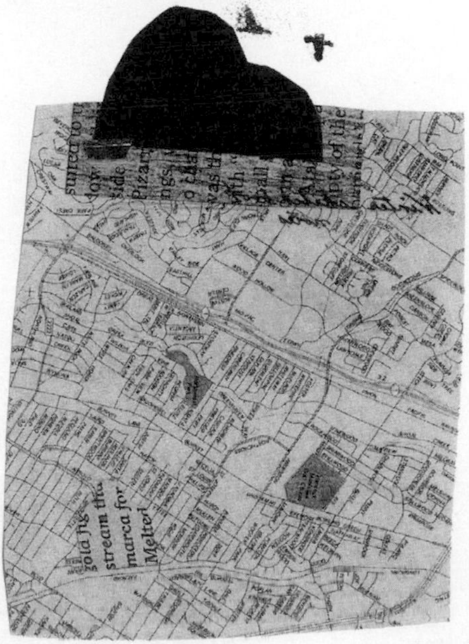

陽光燦爛的日子

陽光燦爛的日子
唯一的心願
就是擁抱你
一起躺在
比單人還窄的床上
專心注視明亮的浮塵
別在意窗外
怪物黑色的眼睛

明天都是灰燼
我不會讓時間進來房裏
我不要那些東西弄髒你

光照治療

我被像你一樣的光直接穿透
我被你的光穿透
我被你穿透
找不到地方
可以安睡

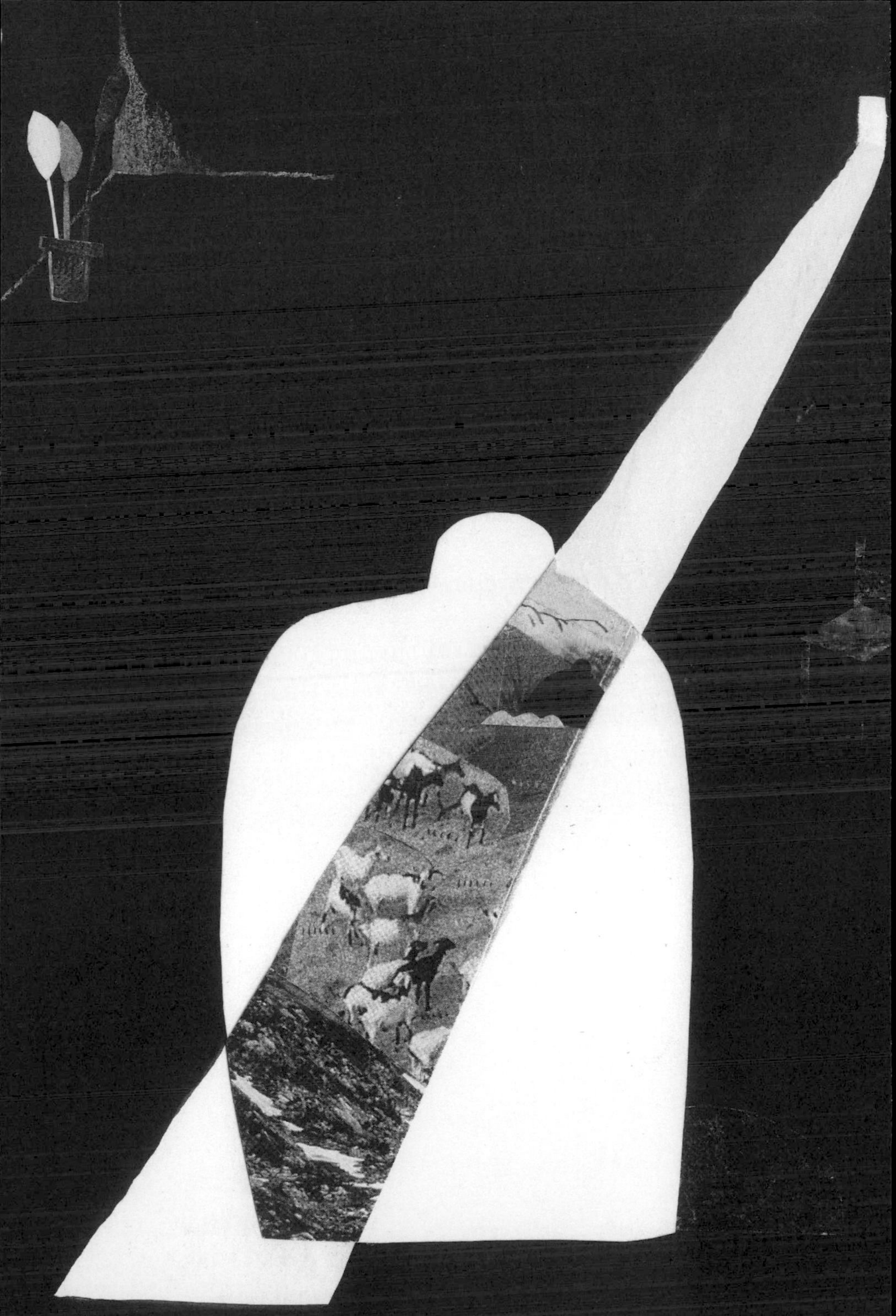

換季了

冬至也拯救不了
無望的戀情

我的眼睛還在冒汗
你已戴上他織的圍巾

被雨困住的一生

雨天並不可怕
難過的是
想起曾有人
為我撐傘

極度潮溼

又下雨了
你最喜歡的天氣
害怕聽到傷心的歌曲
我把耳朵
收進水裏

為了替你製造
失聯的理由
我把我的手機
放進水裏

為了製造快樂的表情
我把百憂解
通通丟進水裏
再把自己泡進去

重逢的時候
你就不會發現
我笑著的眼角
極度潮溼

小記：此篇前兩句引自李心潔歌曲〈又下雨了〉（作詞：林文炫）

一生這樣過了我

一、
怎麼樣才是正確的不愛了
如何笑得自然不讓人起疑
老老實實地喝醉
心不在焉地吻

二、
星期日下午
坐在窗邊學習
一種困難的異國語言
邊唱歌邊種花
就有了在春天來到之前
活著的理由

三、
夢遊但不作夢
不停地搬家
但不接電話
用自己的一生去寫一句
沒有人在意的話

極度乾燥

雖然夢中下了雨
一睜開眼
仍覺得周圍極度乾燥

伸出手擁抱空氣
再鬆開的時候
感覺自己流失一點點

爬起身照鏡子
遺憾裏頭映出的
仍然是那張
極度乾燥的臉

揉揉極度乾燥的眼睛
想不起上次流淚
是因為夢到跟你分離
還是在一起

漱口杯裏的另一支牙刷
極度乾燥
你留下的那把傘
極度乾燥
當初一起佈置的魚缸
如今極度乾燥
這些日子

不管喝了多少水
都稀釋不了
你留下的空白

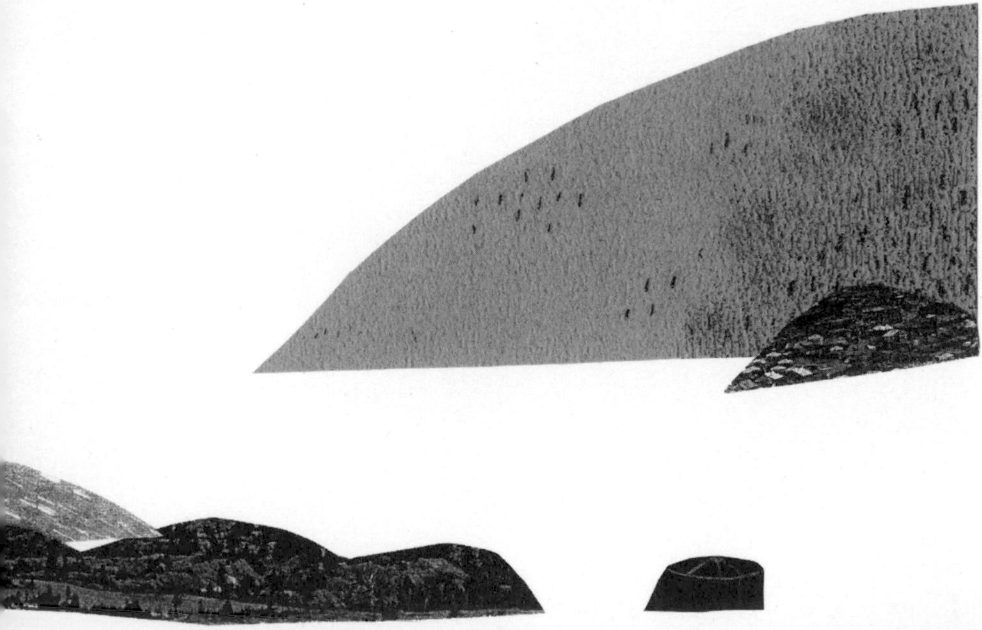

比世界末日更恐怖的是……

我才不害怕世界末日
比末日更恐怖的事
實在太多

我害怕任何散場後的空曠
害怕太低的地方
害怕過於平滑的表面
找不到一個洞可以鑽進去

我害怕自己的生日
更害怕有其他認識的人
跟我同一天生

我害怕穿彩色的衣服
也害怕雨後天邊出現彩虹
更怕看到身旁那些抬頭仰望的臉孔
那讓我
覺得很美

我害怕認識有潔癖的人
怕他們想把我丟進垃圾車
害怕長得好看的人
更怕
他們看我

我害怕任何新戀情的可能
之後必然又要哭溼好幾顆枕頭

我害怕電視螢幕上的那些英雄
因為哪天他們一定會變成狗熊

我才不害怕世界末日
比末日更恐怖的事太多
例如像你
你是我的英雄

沒有人原諒你的悲傷

——致樂團「那我懂你意思了」

你喜歡的樂團
宣佈解散了
你常去的咖啡廳
鐵門拉下了
習慣在夜裏讀的
句子
突然看起來
不再那麼悲傷

怎麼這世界好像
越來越陌生了
你越來越懷疑
誰在乎你
在乎的事
誰能允諾你
明天不會下雨

在陽光下
我們的影子
看起來能不能
比較誠實

如果有一天
你變快樂了
你還會記得
那些歌詞嗎

小記：「那我懂你意思了」樂團成軍於2007年，於2016年初解散。

可是我還在這裏

我揉揉眼睛
在晨光中醒來
真想遺忘自己
身處被你遺忘的森林

從空中掉落的熱氣球
仍覆蓋著枝枒與鳥巢
失敗的伐木者
還在對空氣揮舞斧頭
用盡子彈的獵人
坐在樹下擦槍
他一語不發
懷抱夢想的探險家
吞了毒蘑菇倒在地上
他夢見自己
抵達了新的地方

我則一如以往
又夢見了你
每當你正要記起我的時候
陽光就照進我的眼睛

但照不進森林
我的濃霧散不開
有你的回憶
異常清晰

忘不掉自己神聖的使命
還在替你守護
我們曾經共同擁有的
森林般美麗的秘密

小記：靈感源於『原子邦妮』的歌曲〈被你遺忘的森林〉。

相信

在相信你以前
我開始練習相信
謙卑的必要性
相信邊聽著美妙的音樂
便能熬出更純粹的毒藥

相信夜雨
與晴天無異
相信自己
不再害怕跌入深井
每一回暮死
皆有朝生

像馴獸師與老虎之間的
愛情
我相信
火圈的另一端有更好的
一天，縱身
即是永恆
絕望中
必有僥倖

冬日則乾乾淨淨
沒有任何隱喻
像你的手勢和聲線
髮際，眼睛
謊言和秘密
我都相信

我已經相信你了
在我相信之前

我會念睡前童話給你聽

我們去尋找一座城市
最美的房子
全部建在海邊
街上有水手，鮮花
孩子捧著陽光
我把這些都送給你
毫不保留地欺騙你
讓你學會在美麗的沙灘上
盡情哭泣

我帶你去一個陌生的國度
定居，不用學會
鹽與胡椒如何發音
但要記住路邊每種花朵的名字
等季節一過
就把它們徹底忘記

我要與你組隊進入他人的夢境裏
發動恐怖攻擊
把他的白晝都塗成黑色
對著他的星空潑灑紅漆
在初戀情人的唇上
埋進地雷的引信

我想送你一座薑餅屋
我把頭上的紅帽脫下
讓你發現我就是那隻
最孤獨的野狼
如果你願意站在原地
我就繞著你不斷奔跑
直到宇宙都變成
最甜蜜的奶油

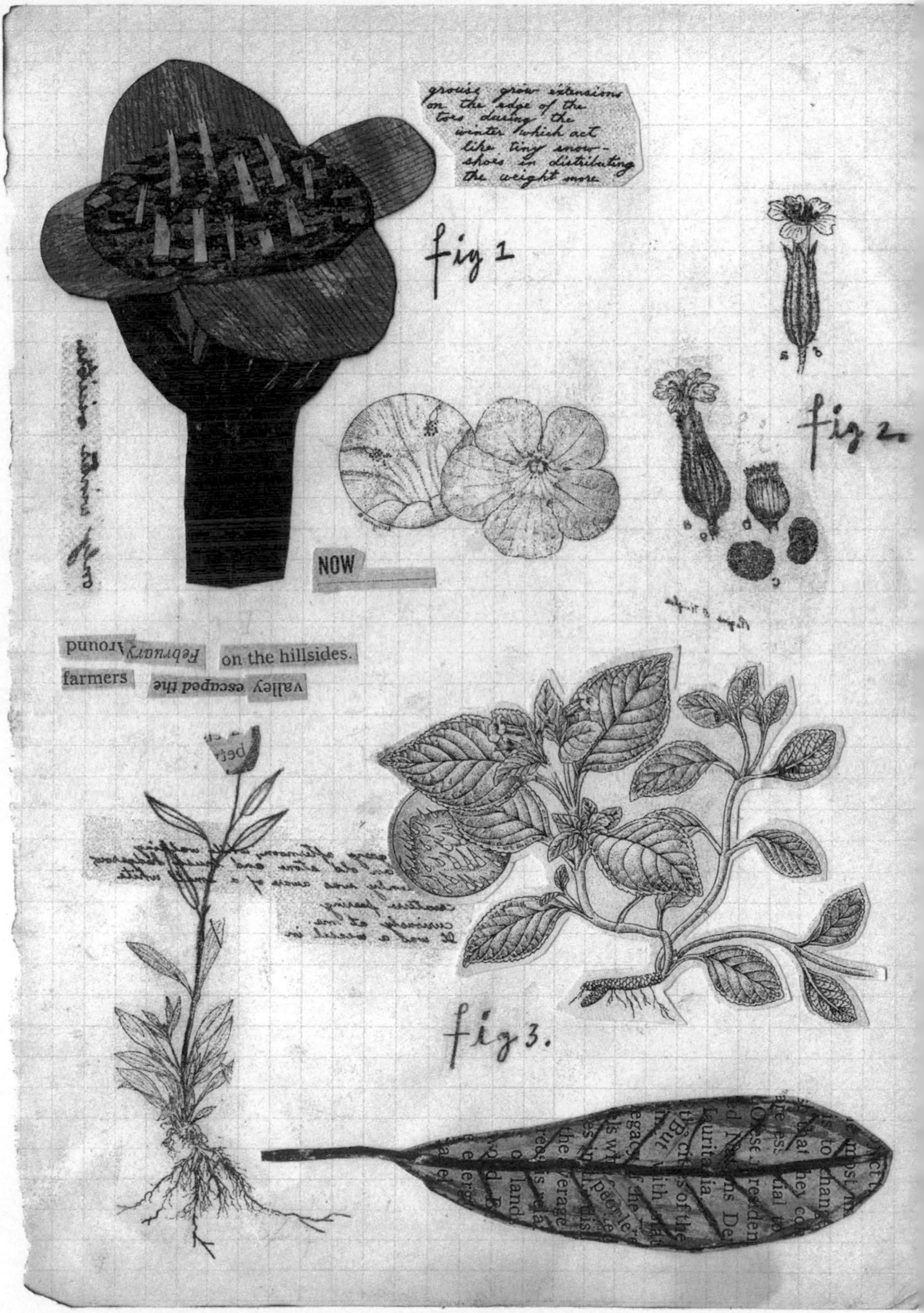
grouse grow extensions on the edge of the toes during the winter which act like tiny snow-shoes in distributing the weight more
fig 1
fig 2.
NOW
February around
on the hillsides.
farmers
valley escaped the
fig 3.

如果真有下輩子

下輩子
轉生成你的香皂
被你用到消失不見
活在你的氣味裏面

下輩子
作一顆百憂解
在外傷心受氣
就回家吃自己

下輩子
當最下流的髒話
我就能住在
每個人的心裏
最重要的地方

我會陪你一起活下去

別流淚了
你的病會好的
總有一天（請別問我是哪一天）
所以請你一定
一定要活下去

活下去
你會目送最愛的人
一個一個離去的背影
有的再不回過頭來
有的走開
只是因為他討厭你
而你討厭的人
會一個過得比一個
更加幸福
更加快樂

後來
你就會遺忘怎麼哭
你就學會在不安的時候
要笑，笑得越開心
越好，然後你就會
交到朋友
你不再是一個人

從此以後
你不再是一個人了
星期六晚上獨處的恐怖
變成一群人共處的恐怖
跨年夜
有一整座廣場的恐怖
推倒拒馬的
是一整個時代的恐怖
情人節的燭光晚餐
兩個人什麼都談
就是不談戀愛的恐怖
恭喜你
再也不孤獨

經歷這些事後
你會有所成長
沒有什麼事情
再讓你害怕
你會明白世界末日
只是哄大人睡覺的童話
你將明瞭做壞事
並不會下地獄
因為你早就在裏面了

你要活下去啊
難道你不想親眼看到自己
變得越來越老
越來越醜
看他們越來越年輕
越來越不在乎你

直到你想通
生命就是無藥可救的病
你的病就好了
在那之前
你一定要活下去
我會陪你
我們一起

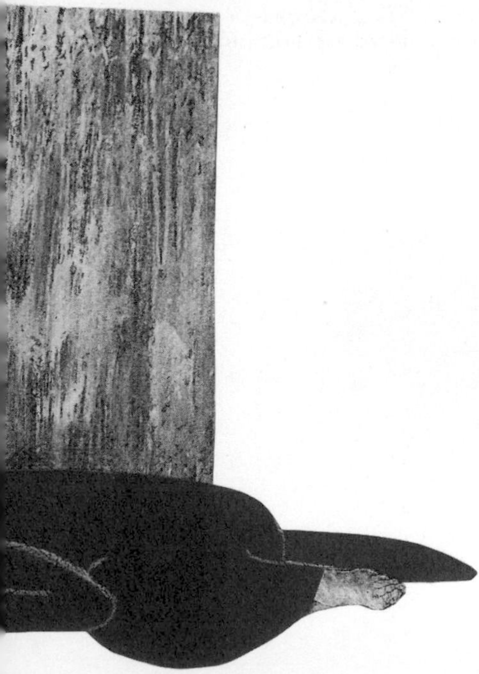

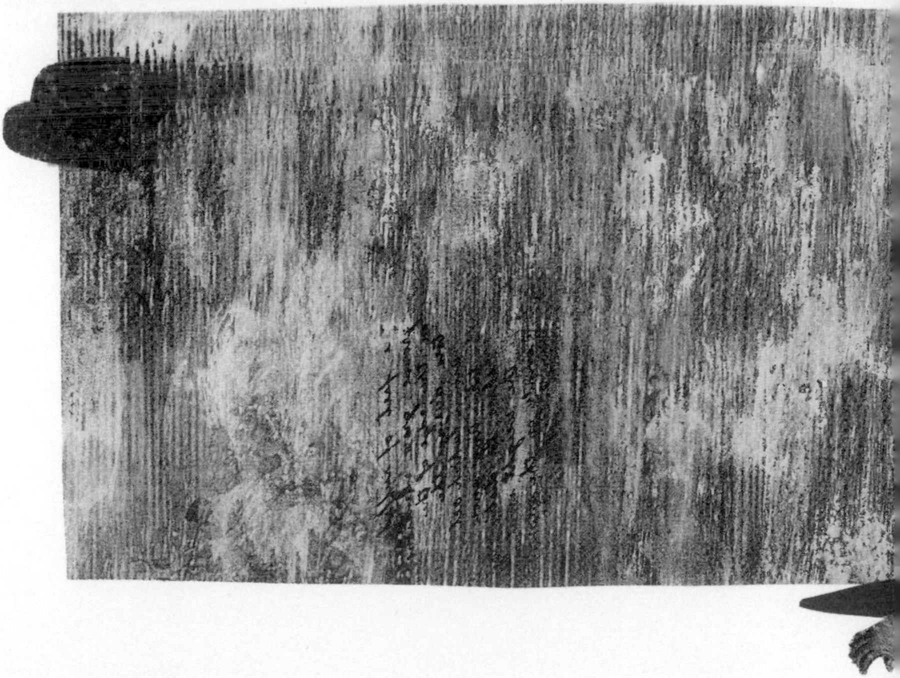

後記——還沒說完的謊話

1.

我不相信誠實的人。我自己就不是一個誠實的人。

我撒謊，在面對「妳還好嗎？」這個句子的時刻。

我撒謊，在醫生問：「最近，還有傷害自己的念頭嗎？」之際。

我撒謊，在他笑著說：「現在妳一個人，也能過得很好了。」的場景中。

我爬上用謊言築成的梯子，不小心跑到太高的地方。那裏空氣稀薄，我覺得呼吸困難。

愛過的人們在底下對我招手。在那之中有曾經被深愛的我自己。

再也回不去了。

2.

真想殺死現實中所有美麗的物事與人，它們活得那麼理所當然。

在很想殺個什麼的時候，我就寫字。即便我知道寫滿一百張稿紙，世界末日也不會來；死去的人們也不會回來，就像他也不會再轉過身來。

我不害怕黑色，我害怕所謂的黑，其實不只一種顏色。比起純粹的死亡，我更畏懼無依之人在頂樓徘徊的模樣。

3.

我還沒找到抵達烏托邦的方法，我想在那該有抱著罐子微笑的你，裏頭裝著永遠挖不完的蜂蜜。

於是我把自己困在高塔的頂端，瘋狂繪製一幅又一幅不存在的地圖；漸漸忘記了外面的風景。

4.

先別相信她、別輕易相信這本詩集裏任何句子。

除非你想在黑洞中看見自己的眼睛。

——徐珮芬 2016.06.20

在黑洞中我看見自己的眼睛

作者：徐珮芬
編輯：許睿珊
發行人：林聖修
封面設計及內文排版：YI-HSUAN LI 李宜軒
內頁插畫：吳睿哲

出版：啟明出版事業股份有限公司
地址：新竹市民族路 27 號 5 樓
電話：（03）522-2463
傳真：（03）522-2634
網站：http://www.cmp.tw
電子郵件：sh@cmp.tw
法律顧問：北辰著作權事務所
印刷：煒揚印刷企業有限公司
總經銷：紅螞蟻圖書有限公司
地址：台北市內湖區舊宗路二段 121 巷 19 號
電話：（02）2795-3656
傳真：（02）2795-4100
中華民國 105 年 7 月 30 日 初版
國際標準書號：978-986-93383-0-1
定價：350 元

在黑洞中我看見自己的眼睛／徐珮芬著 — 初版 — 新竹市：啟明；民 105.07 面；公分
ISBN 978-986-93383-0-1（平裝） 851.486 105011433